KB017463

달걀은 닭의 미래

달걀은 닭의 미래

양안다의 4월

ㄴㄴ〉〈ㄷㄴ

차례

작
가
의

말

이제부터 미래입니다

안녕하세요. 시인 양안다입니다.

4월에 대해 생각해보았습니다. 우리는 계절감에 대해 자주 생각하지만, 4월 자체에 대해선 되돌아볼 시간이 없었다는 걸 알게 되었습니다. 저에게 4월은 거짓말 같은 일이 많은 시기였습니다. 기왕 거짓말 같은 일이 일어난다면 기분 좋은 거짓말이면 좋겠습니다. 미래에는 진심으로 그렇게 되길 바라고 있습니다.

저는 미래에 대한 시를 많이 썼지만, 미래와 희망이 동의어였다면 미래에 대해 쓰지 않았을 것입니다. 제가 생각하는 미래는 불안과 닮은 모습입니다. 한 발자국 나아갈 때마다 조금 두렵고 조금 의심을 품는 것이 제가 생각하는 미래입니다. 그렇게 조금씩 나아가다보면 어딘가 금이 가기도 하고, 깨지기도 합니다. 그 모습이 부끄러워서 숨을 때가 많았습니다.

저는 '달걀은 닭의 미래'라고 입력하다가 머뭇거렸습니다. 정말 달걀은 닭의 미래일까요? 어쩌면 닭이 달걀의 미래이지 않을까요? 그러나 생각은 금방 정리되었습니다. 아무래도 달걀이 닭의 미래여야 한다고, 그렇지 않으면 납득할 수 없다는 걸 알았기 때문입니다. 닭이 아닌 달걀의 편에 서고 싶었습니다. 사실 제가 오래 고민한 질문은 다음과 같습니다. 나는 어떤 모양으로 깨진 달걀일까?

이 책을 준비하면서 무척 즐거웠지만, 사실 저는 다른 글을 쓰고 싶었습니다. 이를테면 읽는 사람에게 웃음을 짓게 하는 문장, 따뜻함을 전해주는 문장, 깊이가 무엇인지 모르겠으나 깊이가 느껴지는 문장. 그런 것을 쓰고 싶었습니다.

그러나 제가 좋아하는 건 솔직한 문장입니다. 이 책은 웃기지 않고 따뜻하지 않으며 깊이가 없지만, 솔직함을 느낄 수 있다면 좋겠습니다.

 마지막으로 한번 더 솔직하게 말하자면, 저도 제가 이토록 쉽게 깨질 줄 몰랐습니다.

 달걀의 시대.

 저는 사람들이 깨진 모습으로 웃는 걸 보았습니다.

4

월

1

일

단상

나는 만우절에 거짓말을 하지 않는다.

만우절에 하는 거짓말은 아무도 믿지 않는다는 비밀을 알아버렸기 때문이다.

사실 만우절은 거짓말을 하는 날이 아니라

거짓말에 진심을 섞는 날이지 않을까.

거짓말하기 좋은 날

날이 따뜻해지면 어디 좀 다녀오자. 일교차 큰 나날이니까 환절기에 속아주자. 옷을 가볍게 입은 채로 춥다고 말하자. 낮에는 혼자 천변을 걸어보기. 수면 위로 반짝이는 햇빛 조각 세어보기. 길고양이가 춥지 않을 거라고 안심하기. 벚꽃 개화 시기를 알아보기. '꽃놀이 다녀올까?' 너에게 메시지 보내려다가 지우기. 사람 많은 공원을 산책하기. 웃는 아이들을 보며 따라 웃기. 눈 마주치면 존댓말로 인사하기. 기대하고 기대했던 영화를 극장에서 관람하기. 혼자 웃다가 혼자 울다가 나오기. 봄에는 봄노래를 들어야지. 질리지 않는 노랫말을 따라 불러야지. 좋아하는 음식점에서 혼자 식사하기. 볕 잘 드는 벤치에 앉아 조금 졸아야지. 버스를 타고 먼 곳으로 가보기. 마음에 드는 정류장에서 내리기. 저녁에는 오랜만에 친구를 만나기. 편의점 앞에서 맥주 마서도 되는 날이 왔어. 그러게. 벌써 그렇게 되었어. 실없는 농담하기. 연애사 들어주기. 고민 들어주기. 나도 고민을 말하려다 속으로 삼키기. 갑작스럽게 켜지는 가로등. 봤어? 방금 가로등들이 전부 켜졌어. 대단한 걸 발견한 것처럼 말하기. 춥다고 말하는 친구에게 겉옷을 벗어주기. 너도 춥잖아, 라고 말하는 친구에게 나는 추위를 안 타서 괜찮아, 라고 대답하기. 친구는 새해 목표 세 가지를 계획했는데 전부 지키지 못했다고 말한다. 그것이 속상하고 스스로가 바보 같아서 견딜 수 없다고 말한다. "나는 올해에 아무나 사랑하려고 했어. 내가 더 바보 같지?" 친구는 조금 바보 같다고 대답한다. 사실 나의 새해 목표는 더 바보 같은 것이다. 이를테면 시 같은 건 쓰지 않아도 좋겠다는 생각. 시가 다 무슨 소용이야? 솔직히 나는 시를 한 번도 사랑한 적 없었어. 이렇게 말하면 친구가 나를 위로해줄 것 같아서. 그러나 이건 거짓말이라서 나는 그렇게 말하지 않는다. "춥지? 이제 그만 들어가고 다음에 보자." 다음에 안 볼 걸 알면서도 친구에게 또 거짓말하기.

4

월

2

일

시

신비의 다른 이름

작년 목련 피는 날에는 병원에 있었습니다

젖은 풀밭 위를 아무리 달려도 혼나지 않고

아침마다 꽃 생각에 빠지는 날들

흰 복도에는 흰빛이 쏟아지고

나는 온몸이 간지러워서 당신을 조금 생각했습니다 당신
은 정오가 되면 샌드위치를 먹겠지요

자정에는 이불 속에 몸을 눕히고

당신이 오래된 꿈을 꾸었으면 좋겠다

당신이 새로운 빛을 꾸었으면 좋겠다

미안해요 나는 아직 편지를 뜯어보지 못했고

창문 밖 목련은 내 얼굴을

닮은 것 같고

찬바람이 부는 날에는 휘파람을 연습했습니다 기억나요?

당신이 나의 음악을 예뻐해주었는데

당신은 나를 관악기처럼 연주해주었는데

입을 맞추었는데

미안해요 나는 아직도 코에서 핏방울 뚝뚝 흘리고

저녁이면

흰 복도에는 붉은빛이 쏟아지고

가끔 부끄러워서 얼굴이 붉어지곤 합니다

자목련은 목련의 붉은 얼굴

나도 꿈속을 헤매도 될까요

당신이 악몽을 납작하게 눌러버렸으면 좋겠다

당신이 평화를 매일매일 만들었으면 좋겠다

목련의 꽃말

이파리

솜털

붉은 뺨

당신을 기쁘게 하는 음악

우리를 예쁘게 하는 음악

작년 백목련이 피는 날에는 병원에 있었지만

올해에는 백목련과 함께 걷고 싶어요

나의 손으로 당신 손을 잡고

뛰노는 아이들에게 손 흔들고

오늘은

당신의 편지를 읽겠습니다

저녁마다 꿈 생각에 빠지는 날들

답장을 기대하지 말아요 나는 울음이 날까봐 편지를 쓰

지 않아요

때때로 읽다가도 그랬으니까요

백목련은 편지의 다른 이름

4
월
3
일

노 트

꽃에 대해서 잘 모르지만 목련을 좋아한다.
꽃은 햇빛을 바라보기 위해 남쪽으로 피어야 하지만
목련은 북쪽을 향해 피어난다.
이것은 내가 아주 좋아하는 이야기다.

동경

백목련이 피는 날입니다. 백목련이 입을 벌리고 웃는 날입니다. 백목련이 두 팔 벌린 채 포옹을 기다리는 날입니다. 나는 너와 함께 백목련 곁을 지나갑니다. 까르르까르르, 백목련이 우리를

축복하고

있습니까? 나는 꽃 이름을 몰라요. 흰 꽃은 그저 흰 꽃으로 보이고 외우고 있는 꽃말이 없습니다. 나는 감동을 몰라요. 평화를 모르고, 사랑을 모르고, 왜 꽃을 보고 예쁘다고 하는 거죠? 나는 너에게 백목련을 배웠습니다. 너는 감동을 알게 하고, 평화를 교육하고,

사랑을

감각하게 하는 것입니다. 백목련의 꽃말을 알고 있어요? 아니요. 나는 몰라요. 나는 너보다 멍청해서 이해 못하는

것이 많습니다. 세상에는 미지가 널려 있고 나는 무서워요. 나를 도와주세요. 때때로 거대한

숲에

홀로 앉아 있는 기분이에요. 한낮의 숲은 나에게 신비를 알려주지만, 한밤의 숲은 나에게 공포를 알려줍니다. 나는 이 나무와 저 나무를 구분할 수 없어요. 길을 헤맵니다. 여기 왔던 곳이지? 내가 발걸음을 돌리면 까르르까르르, 나뭇잎이

나를

비웃는 것입니다. 나는 너의 손에 끌려갑니다. 나는 너의 뒤통수를 보며 쫓아갑니다. 그것이 내가 알고 있는 유일한 사랑. 너에게서 배운 사랑. 연인 아닌 사람과 사랑에 빠지는 유일한 방식. 이대로

세상이

멸망해도 좋을 것 같아. 정말로? 정말로. 그러면 너는 나에게 지구 마지막날에 해야 할 일을 교육할 것입니다. 어쩌면 우리는 지구 마지막날에도 따뜻한 수프를 끓일지도 모릅니다. 우리는 지구 마지막날에도 옥수수수프와 감자수프를 두고 다툴지도 모르며, 우리는 지구 마지막날에도

밤 산책을

다녀올지도 모릅니다. 밤에 보는 백목련은 어때? 한밤에 쏟아지는 눈송이 같아. 흰빛이야. 그러나 백목련은 백목련. 나는 마지막을 위해 최선을 남겨놓으라는 노랫말을 들려주었습니다. 네가 남기고 싶은 최선은 무엇인데? 백목련. 길 고양이. 좋아하는 인센스. 플레이리스트. 동네 빵집의 소금 빵. 지난밤에 함께 소리 내어 읽었던 한 편의 시. 다 식은 수프. 언젠가 함께 찍은

흑백사진.

그날 우리는 궁궐을 돌아다녔고 돌담길을 오래 걸었습니다. 길게 축 늘어진 나무가 많았는데, 나무 이름이 어렵다는 이유로 우리는 그들에게 새로운 이름을 붙여주었습니다. 저 나무 이름이 뭐였지? 유키. 저 나무는? 서영. 그럼 저건? 고든……이었나? 우리는 가장

아름다운

나무를 선정하여 동경, 이라는 이름을 붙여주었습니다. 동경은 바람이 불자 가지를 마구 흔들었습니다. 과연 슬프다는 뜻이겠습니까? 우리는 동경에게 손을 흔들어주었습니다. 안녕. 안녕. 다음에 보자. 다른 나무의 이름을 잊어도

우리는 동경을 기억하기로 약속했습니다. 우리도 가자. 응.
이제 우리도

　가야 할

　시간이야. 돌담길을 걸어 궁궐을 빠져나갑니다. 지구 마
지막날을 지나갑니다. 숲을 지나가고 백목련 사이를 걷습
니다. 백목련의 꽃말은 이루지 못할 사랑이라는데요. 그걸
알려줄 네가 보이지 않습니다.

4

월

4

일

시

전염과 반투명

당신은 식물원에서 가장 아름다운 건 빛이라고 말했다
무성한 잎과 가지 사이를 걸으면 빛이 구부러진다고

유리에 번지면 더 아름답게 보인다고
당신이 말했을 때

"눈에 보이지 않는 것은
모두 아름다운 법인가요?"

옛날 아주 먼 옛날부터 빛을 확인하려는 시도가 계속되
었대요 수학자들은 빛의 무게를 계산하고 화가들이 빛의
모습을 그리려는 동안 종교인들이 빛을 찬양하였지요

나는 마음의 무게를 가늠하고 있었다

빛이 나를 통과하고 있나요?
투명하게 웃는 법을 익히고 싶었어요

끈끈이주걱, 제라늄, 판다 고무나무, 꽃기린, 공작야자,
아스피린 로즈, 줄 필레아……

당신은 걷다가 거대한 나무 앞에서 걸음을 멈추었다

그늘이 빛을 덮고
그늘이 나를 덮고 당신을 덮고
그늘이 침묵을 덮고
그늘이 그늘을 덮고

침묵은 식물이 꾸는 꿈인 걸까
죽은 지구와 식물원의 차이를 당신에게 묻는다면

빛이 있어야 식물원이 보이는군요

빛이 있어야 나뭇잎이 보이는군요

빛이 있어야 그림자가 보이는군요

빛이 있어야 당신이……

"아름다운 것은

눈에 잘 보이지 않는 법이에요"

나는 식물의 마음을 당신에게서 발견했다 가라앉는다고
내가 못 꺼낼 것도 아니죠

여기,

나의 투명한 전부를 들여다보세요

침묵 속에서

그늘 속에서

달마시안 제충국, 큰 극락조화, 아라비카 커피나무, 시클
라멘, 아이리스……

낮은 깊어가고

우리는 저녁과 함께 서로를 떠나보낼 것입니다

빛과 함께 안녕

4

월

5

일

고백

어릴 때는 식목일에 나무를 심곤 했다.

나는 나무를 심는 것보다 친구의 나무가

예쁘고 아름답게 심어졌는지 관찰하는 것이 좋았다.

식목일에 마음을 심는다면

너는 내면이 그늘로 뒤덮였다고 말했다. 한낮에 천변에 앉아 물 흐르는 소리를 듣는 일. 한낮은 수면 위에서 난반사 되어 두 눈에 빛을 심어주고 사라졌다. 생각해보면 나는 단 한 번도 너와 함께 노래 부른 적이 없었다.

우리는 같은 영화를 반복하여 다시 보기를 좋아했다. 어 느 날이면 무성영화 속 두 친구가 되어 거리에서 비를 맞았 으나 다음날이면 서로를 증오 속으로 빠뜨리는 오해를 즐 겼다. 사랑한다고 말하면 그 사랑이 왜곡될까봐 두 귀가 멀 어도 좋았다.

한 마을에서 수호신으로 여겨진다는 나무에게 소원을 빌 기도 했다. 영원에 대해 알게 해주세요, 나는 마음속으로 되뇌었다. 네가 무슨 소원을 빌었는지 그때는 알 수 없었으나 언젠가 너는 말했다. 나는 가장 예쁘고 아름다울 때 가장 예쁘고 아름다운 곳에 묻히고 싶었어.

너는 인간의 마음을 그릴 수 있다면 나무 모양일 거라고 믿었다. 나이테의 모양과 나무의 종種, 굵기와 크기, 그리고 가지가 어느 형태로 자라며 어떤 열매를 피울 것인지에 대하여. 나는 인간의 마음이 물과 같다고 생각했으나 소리 내어 말하지 않았다. 그것이 지금에 와서야 후회가 되었다.

혼자 밤을 보낼 때면 어둠보다 더 짙은 어둠이 나를 바라보고 있었다. 나는 그것이 네가 말한 내면에서 자라는 그늘이 아닐까 생각했다. 홀로 밤을 지키는 일은 종종 나를 어둠 속으로 끌고 들어갔으나 그럴 때마다 나의 깊은 구석에 대해 알게 되었다. 너도 그랬을까? 달이 외눈으로 나를 훔쳐보다 사라지는 나날.

너는 우정과 사랑의 차이를 묻는 사람들을 비웃었다. 우정과 사랑을 헷갈리면 그건 사랑이 아니에요. 사람들은 가끔 너에 대한 불온한 소문을 퍼뜨렸지만 우리는 어느 영화 속 마라토너가 되어 저 멀리 달려가곤 했다. 우리는 서로의 러닝메이트. 우리는 우정을 배신하는 자들을 증오하면서.

나는 이해할 수 없었다. 인간이 인간을 사랑하는 일. 인간이 비인간을 사랑하는 일. 인간이 비인간을 증오하는 일. 인간이 인간을 증오하고 인간이 스스로 마음을 폐기하는 일. 너는 그 모든 것을 알고 있다는 듯이 웃었다. 네 마음의 나무는 나보다 아름다운가보다. 아름답다는 건 더 많은 신비를 이해한다는 뜻. 너를 떠올릴 때마다 나는 거대한 나무 한 그루를 상상하곤 했다.

아직도 나는 같은 영화를 반복하여 다시 보기를 즐기고 있다. 나의 나무는 아름답지 못해서 신비를 모르고 그늘을 모르고 그래서 종종 어둠에게 머리채 잡혀 끌려가곤 했다. 최근에 본 영화는 오래된 친구를 수소문하나 실패하는 내용이었다. 마음에 나무를 심듯이 나무 대신 마음 하나를 심어보고 싶었으나 나는 아직도 예쁘고 아름답지 않았다.

4
월
6
일

시

꽃의 놀이

같이 갈까요

하염없이 꽃잎이 흩날리는 곳

사쿠라 사쿠라, 일본식 돌림노래

마음을 잘라 나눠 먹고

잔을 기울여 목소리를 흘려볼까요

어느 날 네가 무섭다고 했을 때

나는 그 말의 의미를 이해하지 못했습니다

세상이 무섭습니까?

……아니요

사람이 무섭습니까?

……아니요

증발해도 괜찮은 농담을 나눕시다

농담 속에 아주 작은 고민을 섞어 말해봅시다

아무래도 진지한 일에는 취미가 없는 우리니까요

꿈 얘기를 들려줄까요

나는 센강을 거닐고 있는 소년이었습니다 밤이면 관광객들이 센강의 아름다움을 보러 몰려왔습니다 나는 그곳에서 가장 작은 무용수였습니다 춤을 추고 재주를 넘고 때로 노래 부르면 은화 몇 개 받을 수 있었습니다 그날은 평소보다 많은 은화를 받았고 금화도 좀 있었죠 오늘밤은 당신에게 질 좋은 빵을 먹일 수 있겠어, 그런 생각 하며 집으로 달려갔습니다 현관을 열었을 때 당신은 집에 없었습니다 당신은 어디로 간 걸까요? 센강의 아름다움을 확인하러 갔나요? 지금 그곳엔 내가 없는데…… 대체 당신은 어디로……

그리고 깨어났을 때

나는 이 꿈의 의미를 이해하지 못했습니다

하염없이 꽃잎이 흩날리는 곳

사쿠라 사쿠라, 일본식 돌림노래

사람들은 왜 쏟아지는 꽃잎을 사랑하는 걸까요

물에 들어가지 않고도 젖는다는 건 무슨 감각일까요

햇빛 속에서 잠깐 취해도 좋겠어요

햇빛 속에서 세상과 분리되어도 좋겠어요

우리는 미래에 무엇이 될까요 너는 무섭다고 말했고

나의 두 눈은 너를 비추고 있었습니다

이상하죠? 모든 꽃놀이에는 슬픔 없는 사람들만 모여 있습니다

행복이 찾아와도 놀라지 않았으면 좋겠습니다

꿈 얘기를 들려줄까요

나는 중국의 어느 호텔에 거주하는 소녀였습니다 창문으로 비가 쏟아지는 날이었습니다 오늘 일정은 글렀네, 그렇게 중얼거리며 보이차를 우려내는 중이었습니다 그때 누군가 제 호텔 방을 세 번 노크하더니 문틈으로 쪽지를 밀어넣는 것이었습니다 쪽지의 내용은 다음과 같았습니다 '그런데요/그리고 나니 알겠더라고요/미안해요' 나는 그게 무슨 뜻인지 알 수 없었습니다 곧바로 문을 열어 복도로 나가보았죠 복도 끝에는 커다란 중국 새가 입을 쩍 벌리고 있었습니다……

나는 이 꿈의 의미를 이해하지 못했습니다

꽃잎은 하염없이 흩날리지요

일본식 돌림노래는 사쿠라 사쿠라

미래가 무섭습니까?

……아니요

행복이 무섭습니까?

……조금

어느 날 네가 아름답다고 말했을 때

나는 그것이 벚꽃잎이라고 이해했습니다

나의 두 눈은 너를 비추고 있었습니다

꿈 얘기를 들려줄까요

그들은 아주 오래오래 행복하게 살았습니다

우리는 같은 꿈을 꿀 것입니다

4

월

7

일

시

앙상블

여기서 계단을 오른다 대관람차가 여기던가?

여기서 계단을 오른다 아까 지나왔던 길인데

사람들이 줄지어 서 있다 아이들은 질서를 배운다 풍선을 놓치면 안 된다 아이에게 규칙이 생긴다

부모의 손을 놓치면 안 된다는 규칙이 추가된다 여기서 계단을 오른다

롤러코스터가 목소리를 발생시킨다 환호와 비명 사이 어디쯤

무섭다면서 왜 좋다고 하는 걸까 연인은 이해하지 못한
다 사랑과 공포 사이 어디쯤

어서 오세요. 천천히 입장하여 안전 바 내려주세요. 같은
말이 반복해서 들린다

재미있었지? 재미있었어, 사람과 기계 사이 어디쯤

지나갔던 길을 또 지나며

하늘에 풍선 하나가 스티커처럼 붙어 있다 지금이 몇시
지?

퍼레이드 보며 손을 흔드는 건 우리 모두의 규칙

대관람차를 탈 때면 침묵에 빠진다 여기서 작은 것은 나
혼자인 줄 알았다

4

월

8

일

기억

놀이공원이 환상의 나라로 보이지 않기 시작할 때

어른이 되었다.

환상의 나라로 오세요

몇 송이쯤 되는 걸까. 사람들은 화원에 모여 사진을 찍기 위해 순서를 기다리고 있었다. 주말이면 아이와 함께 오는 부모가 많았다. 연인들은 누군가에게 자신의 카메라를 부탁했고 누구든 흔쾌히 사진을 찍어주었다. 그들 모두가 자리를 뜨기까지 오랜 시간이 걸렸다.

우리는 앉아서 잠깐 쉴 만한 자리가 필요했다. 아무래도 평일에 올걸 그랬나봐. 너는 솜사탕을 우물거렸다. 좀 먹어보겠냐는 너의 권유에 나는 고개를 저었다. 단것은 물론이고 끈적이는 걸 선호하지 않기 때문이었다. 나의 거절이 너의 기분을 상하게 할까봐 조금 마음에 걸렸다.

하늘이 높구나. 오늘따라 유독 맑고 끝이 없어 보여. 나는 너에게 이런 감상을 들려주고 싶었다. 그런데 그 말은 시간이 초 단위로 지날수록 낡고 유치해져서 금방 휘발되었다. 내가 하늘을 보며 정말 높고 맑다고 느꼈었나 싶을 정도였다. 나는 다시 한번 하늘을 바라보았다. 높고 맑은 하늘이 우리 머리 위에 있었다.

곳곳에 설치된 스피커에서 종종 안내 방송이 나왔다. 길 잃은 아이를 보호하고 있으니 보호소로 찾아오라는 내용이었다. 나는 맥주 한 모금 들이켜고 싶었다.

우리는 조금 더 걷다가 동물 모형이 있는 곳에서 비어 있는 벤치를 찾을 수 있었다. 그곳에도 사진을 찍는 사람들이 많다. 동물 모형을 끌어안거나 동물 모형의 자세를 흉내 내며 사람들은 웃음을 터뜨렸다.

왜 저런 모형이랑 사진을 찍는 걸까?
저게 좋은가보지.
그게 아니라 저건…… 가짜잖아.
무슨 뜻이야?

그게 아니라 저건 진짜 동물이 아니니까……

진짜 동물보다 나을 수도 있지.

창살이 없으니까?

아마도.

그럴 수도 있겠다. 너는 다시 솜사탕을 뜯었다. 나는 입에
달라붙는 끈적함이 자꾸 떠올라서 네가 솜사탕 먹는 모습
을 보지 않으려 했다. 너는 조용히 중얼거렸는데 내가 제대
로 들은 건지 확신할 수 없었다. "그래도 마음은 진짜 마음
이 좋다고 생각해."

하늘이 높고 맑은 날이었다.

이렇게나 많은 사람이 오다니. 평소에 다들 어디에 있던
걸까.

마치 순서를 기다리기 위해 유원지에 오는 것 같아.

아니면 사진을 찍으려고.

사진을 찍는다는 건 기억하고 싶다는 뜻이야.

아이를 영영 잃어버리는 사람은 없겠지?

그런 얘기는 못 들어봤어.

그치? 아무래도 그런 일은 유원지에서 허락되면 안 되니까.

……

……

이제 어디로 갈까.

글쎄…… 일단 저쪽으로 걸어볼까?

너는 먹던 솜사탕으로 방향을 가리켰다. 너무 막연한 거리가 그곳에 있었다.

4

월

9

일

시

내가 나를 부르면

너는 거울을 들여다본다

너는 옅은 갈색의 눈동자를 본다

드라이플라워

은목걸이

여행은 어땠어

나는 다른 삶이 궁금하지 않아

나는 나의 삶이 궁금해 그걸 확인하러 다녀왔지

막차 시간이 언제라고 했지 두 시간 뒤쯤

마중 나갈게

저녁으로 뭘 먹어야 할까

너는 햇빛의 방향을 보며 서쪽을 짐작한다

꽃이 피어나겠지

꽃은 피어나고 있다

사람들 옷이 얇아지겠지

그리고 작은 추위마저 사라질 것이다

해가 길어

싱크로니시티

기도하는 두 손을 모으고

네가 멀리 걷지 않아도 된다면

쇠사슬로 두 손을 묶고

네가 같은 곳을 공전하는 행성이라면

20세기 애니메이션

드럼통에 불붙이고 언덕을 데굴데굴

과장되게 웃는 몸짓

고기가 식기 전에 들어

질겨지니까

햇빛이 기울어진다

그림자가 길어진다

세상에는 똑똑한 사람들이 참 많아

나도 너에 대해선 많이 이해하고 있어

무엇을

마음을

질겅질겅 연해질 때까지 씹고 삼킨다

무엇을

마음을

버터나이프

식전 빵

떠나기 좋은 나날

꼭 가야 해?

아직도 나는 날 모르겠어

아름답다고 말해줄까

아름답다고 말해주려고

곧 어두워지겠지

그렇게 저녁이 태어나듯이

자명종 소리

막차 시간이 오고 있다

세상에는 규칙이 참 많아

너는 지도에 없는 곳으로 걸어가고 싶다

사진을 찍으면 너의 표정이 박제된다

그럼 정말 좋겠는데

4

월

10

일

시

낮잠

오후 세시의 햇빛 속에 네가 잠들어 있습니다

창문으로 새 두 마리가 아른거리고요

식물은 그림자를 키우고 있습니다

감은 너의 눈꺼풀을 열어보아도 되겠습니까

빛은 어둠에게 용서받은 적이 있겠습니까

그림자를 증오한다는 이유로 나무를 베어선 안 되어요

너는 꿈속에서도 의지가 약하고 눈물을 짜내었습니다

4월이 겨울에게 허락받은 음악은 어떤 장르입니까

너무 많은 그림자는 식물을 죽이는 것입니까

한낮은 꿈을 빛으로 물들이려고

내가 너의 꿈을 훔치려고

사랑을 하고 있네 운 얼굴 망가졌네, 새 두 마리는 노래하
겠지

나는 네가 꿈을 꾸고 있는 꿈을 꾸는 중이라고

4
월
11
일

편지

매년 4월 11일이 되면 이 편지를 읽어볼 것이다.

미래의 나는 이 편지를 읽고 있을 것이다.

미래 편지

친애하는 너의 영혼에게.

안녕. 너는 이곳에 없으니 영혼에게 편지를 적는다.

어제는 조금 아팠고 봄비가 왔어. 네가 우산을 잘 챙겼을
까. 영혼도 젖을 수 있는 걸까.

사실 진작 들었어. 너의 오랜 친구가 떠나갔다고. 깊은 슬
픔 속에서 조의를 표한다. 너의 친구는 너만큼 훌륭하고 아
름다웠으니까.

너는 이제…… 미래를 걱정할 나이가 되었겠다. 나도 그
때 그랬으니까. 혼란을 사랑하는 방식에 대해 골몰했으니
까. 시간을 외면하고 도피하는 것이 더 즐거웠으니까. 조금
우습지.

요즘 나는 몸을 유연하게 움직이는 방법에 대해 생각해.
너라면 분명 기억하겠지? 나는 죽음에 대해 자주 생각하지

만 그것은 그저 악몽에 가까운 꿈이니까. 유연해지고 싶어. 솔직하고 건강하게 오래 살고 싶어. 술을 조금 줄였는데, 아, 지난주에는 또 많이 취했지. 바보 같다. 그래도 이젠 모르는 거리에서 깨어나지 않지. 피 흘리며 깨어나는 내가 없다. 나는 평화 속을 걸어가고 싶어.

나는 4월이 될 때마다 지나간 4월의 나날을 떠올려. 그때 나는 무슨 마음이었더라. 나는 꿈과 악몽을 얼마나 헷갈렸나. 그런 걸 떠올리다보면 알게 돼. 어쩐지 매년 4월엔 같은 마음과 꿈이 반복된다는 걸. 너의 4월은 어땠을까. 돌림노래 부르며 미로를 헤매고 있는 너를 상상한다.

영혼으로 지내는 건 무슨 느낌일까. 영혼으로 바라보고 영혼으로 냄새 맡고 듣는 건 무슨 느낌이야? 영혼이 되어도 누군가의 꿈에 출입할 수 없는 거야? 나는 꿈의 들판에 혼자 누워 있다.

나는 여전히, 너의 표현을 빌리면, 이상한 책을 읽는다. 이상한 영화를 보고, 이상한 음악을 찾으려고 시간을 낭비하지. 이상한 사람을 만나고, 이상한 사람에게 이상한 마음을 주는 걸 좋아해. 나는 여전히 솔직해. 솔직해서 가끔 사람들이 나를 싫어해. 나는 더 잘하고 싶어. 나는 더 잘할 수 있는데. 너는 내가 더 잘할 수 있다고 했잖아. 그런 말을 해주는 사람은 네가 유일했는데.

그렇지?

아무래도 너는 나와 달랐으니까.

갓 구운 빵을 찢어 입에 넣던 너.

물을 조금씩 따라 목을 축이던 너.

4월에도 감기를 앓던 너.

맛있는 음식을 먹으면 나를 데려가던 너.

물담배를 피워올리던 너.

사람을 무서워하던 너.

슬픔에 취약하던 너.

안녕.

20××년 4월 11일.

너의 영혼을 친애하는 내가.

추신,

미안. 편지에 너를 그리려다 말았어. 내가 기억하는 너와 지금의 너는 다를 테니까.

4

월

12

일

약속

도서관의 날을 도서관의 생일이라고 불러도 괜찮을까.

A는 아직도 도서관을 찾아다니고 있을까.

우리는 그곳에서 만나기로 했다.

지구 마지막 도서관

1.

　언제부터인가 도서관에 대해 생각하면 고등학생일 때 다녔던 도서관의 풍경이 떠올랐다. 횟수나 빈도로 따지면 성인이 되고 나서, 그러니까 시를 쓰기 시작하면서부터 도서관에 더 자주 다녔는데, 어째서 고향을 생각하듯 예전 도서관의 기억이 떠오르는 건지 알 수 없었다. 그때 내가 도서관에 가는 경우의 수는 많지 않았는데, 약속에 늦은 친구를 기다리느라 막연히 시간을 죽여야 한다거나 주말에 친구들과 시험공부를 하기 위해 시립도서관을 찾아간 경우가 그랬다. 당시의 나는 공부에 관심이 없었고 조금이라도 몸을 가만히 놔두질 못하는 성격이어서 도서관에 애착이 있지도 않았다.

그때도 책은 자주 읽었으나 나는 도서관보다 서점을 선호했다. 지금은 보기 힘들지만, 그때는 동네마다 서점이 한두 군데는 꼭 있었으며, 웬만한 책 종류를 대형 서점 못지않게 구비하고 있었다. 책을 구매할 일이 생기면 인터넷 서점과 대형 서점이 아닌 동네 서점이 머릿속에 떠오르는 시절이었다. 동네 서점에서 책을 읽어도 누구도 뭐라 하지 않았고, 간혹 서점 주인분이 얼굴을 알아보고는 책을 추천해주기도 했다.

동네 서점에 가면 주로 해외 소설이나 베스트셀러에 놓인 인문학 서적을 읽었는데, 책을 통해 무언가 배우려고 한 건 아니었고, 그냥 책을 읽는다는 행위 자체를 좋아했던 건 아닐까 싶었다. 집안 분위기의 영향일 수도 있는데, 어릴 때부터 집에는 발 닿는 곳마다 책이 조금씩 쌓여 있었고, 그래서인지 독서가 일상의 한 부분처럼 느껴졌다. 지금은 독서를 하나의 취미로 여기지만 그때는 독서를 '취미'라고 명명하는 것이 이상하다고 느껴지기도 했다.

그러니까 나의 독서 경험은 도서관이 아니라 서점에 기

반한 것이며, 자연히 도서관에 대해 생각하면 책이나 공부가 아닌 친구들의 얼굴이 먼저 떠오르는 것이었다. 햇볕 따뜻한 날 도서관 앞 벤치에 앉아 친구와 떠들던 장면, 자판기에서 뽑은 캔 음료로 잠든 친구를 깨워주던 장면, 근처 분식집에서 라면과 김밥을 나눠 먹던 장면 같은 것들이 그랬다. 많은 친구가 머릿속에 떠오르지만, 유독 인상 깊고 비중을 많이 차지하는 친구는 A가 아닐까. A는 머지않아 지구가 종말할 거라고 믿는 친구였는데, 남들이 보기에 심각한 정도라거나 본인을 해치면서까지 믿는 건 아니었고, 남에게 믿음을 강요하는 편도 아니었다. 본인도 일종의 취미처럼 지구 종말을 믿는 것 같았는데, 지금 생각해보면 A의 입장에선 나름 진지한 것을 내가 가볍게 여긴 건 아닐까 싶기도 했다.

나는 A와 함께 도서관을 간 적이 없었다. 정확히 말하면 도서관 외부에서 만나 주변을 산책한 적은 여럿 있었으나 같이 도서관에 들어가 책을 읽거나 공부를 하지는 않았다. A와의 약속 장소는 누가 먼저 정하지 않아도 언제나 도서관 앞이었는데, 왜 도서관 앞에서 A를 만나기 시작한 건지, 누가 먼저 제안한 건지는 기억나지 않았다. 내가 기억하는 건 A가 지구 종말을 믿는다는 것, 구체적인 날짜를 정해놓은 게 아니라 '머지않아' 종말이 올 거라 믿는다는 것, 도서관 뒷산을 산책하기를 즐겼다는 것, 비 오는 날에 혼자 뒷산을 산책하다가 크게 넘어져 관자놀이에 흉터가 남았다는 것……

2.

도서관에서 일어날 수 있는 행위들의 목록 :

독서. 대출. 반납. 연체. 숙면. 책 냄새 맡기. 베스트셀러가 얼마나 많은지 확인하기. 시집이 얼마나 적은지 확인하기. 도서관 내부를 산책하기. 아무도 읽지 않을 것 같은 책을 찾아 다른 위치에 꽂아넣기. 일주일 뒤에 그 책이 제자리를 찾아갔는지 확인하기. 사서에게 책 찾아달라고 말하기. 희망 도서로 시집 신청하기. 희망 도서로 시집을 신청하고 거절당하기. 오래된 서적에서 수기로 쓴 도서 카드 읽어보기. 누군가가 책갈피로 쓴 네잎클로버 발견하기. 추리도서에서 스포일러 찾기. 볕 좋은 날이면 천장 높은 곳에 앉아 있기. 구비된 잡지가 무엇이 있는지 확인하기. 절판된 도서

대출하기. 절판된 도서를 대출하고 잃어버렸다고 말하기.
중고가로 물어주기. 여러 권을 대출한 다음 한 권도 안 읽고
반납하기.

이것은 A가 나에게 알려준 목록이었다. A는 이 행위들을
통해 그 도서관이 자신과 잘 맞는지 아닌지 확인할 수 있다
고 믿었다.

3.

A는 독서에 취미가 없었다. 오히려 멀리하는 편이었다.
독서를 즐기지만 도서관과 친하지 않은 나와는 정반대였
다. A가 어릴 때부터 가족과 함께 도서관을 다닌 경험이 있
는지는 알 수 없었다. A는 도서관을 '있을 것'이 전부 다 있
는 완벽한 주거 공간이라 여겼다. 완벽한 주거 공간으로서
도서관을 꿈꾸는 사람이 집에다 서재를 만들기 시작했다는
것이 A의 생각이었다. A는 도서관에서 영원히 살 수 있을
것처럼 말했다. A는 도서관에 가면 무엇을 할까? 이상하게
도 그것이 한 번도 궁금하지 않았다. 그런 질문 자체를 떠올
리지 못했다는 것이 더 정확한 표현일 것이다. 그만큼 A는

도서관 그 자체를 상징하는 것처럼 보였기 때문이었다.

어느 날은 도서관 뒷산을 산책하다가 이런 이야기를 들었다. 세상에는 책이 너무 많다는 것. 책 한 권을 만들 때 여러 사람의 손을 거치는데 그렇다면 세상에 쏟아져나오는 책을 만들기 위해 몇 명의 사람이 참여하고 있는 건지. 이런 이야기를 시작으로, 그 책들을 소장하는 도서관과 판매하는 서점들에 대해서, 읽는 사람들에 대해서, 서점과 주식시장의 상관관계에 대해서, 서점과 아이돌 문화에 대해서, 코레일과 도서관이 꾸미는 음모론에 대해서, 지구 종말과 도서관에 대해서, 노스트라다무스와 기린의 개체수에 대해서 따위의 이야기를 A에게서 들었다.

지구 종말과 도서관.

A는 종말이 찾아올 때 도서관으로 달려갈 거라고 했다. 그곳에 몰래 숨어들어 지구 마지막날까지 살아남을 거라고 했다. A에게 도서관은 완벽한 주거 공간이니까 그럴 수 있다고 생각했지만…… 그래도 집이 더 편하지 않을까? A는

나의 물음에 다음과 같이 대답했다. 종말 때 생필품을 약탈하는 사람들이 있을 것이다. 약탈자들은 도서관을 털지 않는다.

그날 A와 나는 도서관 앞에서 헤어졌다. 우리는 그 도서관을 지구 마지막 도서관으로 선정했다. 종말이 찾아오면 이 도서관에서 만나자고. A는 나를 위해 문을 열어주겠다고 했다.

그리고 지금까지도 지구 종말은 오지 않았다. A는 나를 기다리고 있을까? 아니면 지구 마지막 도서관을 다른 도서관으로 변경한 건 아닐까? 지금쯤 A는 도서관에서 책을 읽는 사람이 되었을까?

이 책이 출간되면 국립중앙도서관에 보관될 것이다. A는 자신의 이야기가 담긴 책이 영원히 보관된다는 사실을 기뻐할지도 모르겠다.

4.

　도서관에서 언젠가 일어날 수 있는 행위들의 목록 :

　책을 불쏘시개로 사용하기. 책을 낱장으로 찢어 방한 용
품으로 사용하기. 종말을 기다리며 취향이 아닌 지루한 책
읽어보기. 지루한 책에서 오타 발견하기. 누군가가 도서관
에 들어오려 하면 책과 책장으로 문을 봉쇄하기.

4

월

13

일

시

피크닉

기쁨을 안고 이리 와요 갑작스럽게 추위가 녹는 날이 온
다면, 꽃 무더기가 폭죽처럼 웃음 짓는 날이 온다면

작은 꽃신 신고 함께 걸어요

풀밭에 누워본 적 있어요?
나무 그늘에 잠겨 한낮을 낭비한 적 있어요?

우리가 함께했으면 좋겠습니다

나는 당신에게 바라는 게 많은 사람이고
당신은 언제나 고개를 끄덕이는 사람이니까

돗자리는 체크무늬였으면 좋겠어 옆구리에 피크닉 바구니 끼고 풍선을 불었으면 좋겠어 내가 바게트를 준비할게

당신은 꽃다발과 함께 나를 기다렸으면 좋겠어

불면증에 시달리는 어느 신이 뜬눈으로 인간의 피크닉을 훔쳐본다 인간의 이기적인 마음이 발가벗겨진다 볕 좋은 곳에서 죄책감이 마르고 있다

이기적인 마음으로
사랑을 지속해도 되겠습니까?

당신은 언제나 고개를 끄덕이는 사람이니까

신에게 잘 데운 포트와인을 따라주고 싶다 인간의 검붉은 꿈속으로 초대하고 싶으니까

작은 손 마주잡고 함께 걸어요

미래를 안고 이리 와요 당신의 모든 피크닉에 내가 함께 하는 날이 온다면, 내가 사라져도 당신이 놀라지 않는 날이 온다면

4

월

14

일

시

밤의 산책과 의지

이제 어둠 속을 걸어도 되겠습니다 4월의 바람에 놀라
도 좋겠습니다 새해에 다짐했던 목표를 망각 속으로 던져
도 좋겠습니다 달이 밝네요 그렇네요 두 눈이 환하네요, 그
런 농담을 즐겨도 되겠습니다 천변을 걸어볼까요 나는 젖
는 건 싫지만 물소리를 좋아합니다 이곳에는 모두가 함께
입니다 이곳에서 혼자 걷는 사람은 보이지 않는군요 속삭
임이 발생합니다 작은 웃음이 발생합니다 모두 서로의 미
래에 대해 묻겠지요 희망을 발명하고 있습니다 낮말도 밤
말도 새가 물어가는 나날입니다 공원은 어떻습니까 반려
동물 이름을 추측해봅시다 저들에게서 피어나는 사랑을
확인합시다 너는 지난해에 있었던 일에 쉽게 좌절하지 않
습니다 나는 어깨에서 돋아나는 것은 날개가 아니라 이파
리라고 말했습니다 나는 젖은 귀에서 뚝뚝 물이 흐른다고

말해봅니다 너는 웃었습니까? 그런 농담을 즐겨도 좋겠습니다 아름다운 걸 두 눈으로 주워봅시다 손 마주잡고 걸어가는 연인, 밤에도 비눗방울을 부는 아이, 멀어지는 천변의 물소리, 너의 눈에 비친 달, 정령 같은 너, 부처 같은 너, 그리고 그리고, 우리는 우리의 좌절을 망각 속으로 던져도 좋겠습니다 어여쁘게 희망하겠습니다 너는 나의 어둠을 다 걸었습니다

4

월

15

일

기억

나는 충남 천안에서 태어났다.
나의 동네에는 쥐와 벌레가 많았다.
다시 찾아간 동네에는 우물이 보이지 않았다.

별 우물

어느 정오, 아주 오래전에 살던 집을 찾아가기로 했다. 나의 기억에 의하면 그 집에는 종종 쥐가 나왔으며 마당에는 집주인이 기르던 커다란 도베르만이 하나 있었다. 좁은 골목이 식물의 뿌리처럼 얽혀 있는 곳. 담장이 골목을 감싸고 있던 곳. 동네 입구 건너편에는 매우 낡은 대중목욕탕이 있었고 그곳을 이용하는 사람들이 많았다.

나는 냇가라고 부르기 민망할 정도로 아주 좁고 얕은 물이 동네의 동쪽에서 흐르던 것을 기억하고 있었다. 이제 그곳은 과거보다 정리된 모습이었고 물도 확연히 깨끗해 보였다. 그러나 여전히 굴다리 밑에서는 악취가 풍겼고 누군가가 불을 피웠던 흔적이 역력했다.

동네 외곽에 들어서면서 내가 주목한 것은 문고리였다. 어릴 적 같은 악몽을 반복해서 꾼 적이 있었고 그것이 오래 잊히지 않았다. 꿈에서 나는 나선형 탑의 꼭대기였다. 새까만 밤이었지만 나는 내가 있는 곳이 나선형 탑이라는 걸 알고 있었다. 한 치 앞도 보이지 않아 한 손으로 벽을 더듬으며 탑을 내려갔다. 그러다 무언가가 만져졌는데, 다름 아닌 문고리였다. 손으로 더듬거리며 추측한 문고리의 모양새는 사자 형상이었다. 그 문고리를 열면 벽의 일부였던 문이 열렸다. 그곳을 나가면 나는 다시 탑의 꼭대기에 있었다.

돌이켜보니 악몽 속 문고리가 어째서 사자 모양이었을까 싶었다. 이 동네에서 그 문고리를 찾을 수 있을 것이라 기대했다.

매우 낡은 대중목욕탕을 지나 동네 입구에 들어섰다. 입구에 작은 식료품점이 있었던 것 같은데 지금은 어쩐지 낯이 익은 철물점이 있었다. 원래부터 그곳은 철물점이었을 수도 있다. 어렸을 때 나는 그곳에 들어가본 적도 없고 유심히 본 적도 없었기 때문이었다.

담장은 매우 낮은 높이였다. 어렸을 때는 그렇게 높아 보였는데. 그때 나는 이곳을 돌아다니다 길을 잃을까봐 두려워했다. 그만큼 복잡한 구조였고 인적이 드물어 정적이 흐르는 곳이었다.

언젠가 이 동네 이름의 뜻이 궁금해져서 찾아보았다. 별우물이라는 뜻이었다. 별 우물. 나는 그 이름이 예뻐서 혼자 시를 써놓고 누구에게도 보여주지 않았다.

당연하게도 마당에 도베르만은 없었다. 만에 하나 도베르만이 지금까지 살아 있더라도 집주인이 여전히 이곳에 거주할 것이라고 확신할 수 없었다. 나의 사진첩에는 도베르만과 어린 내가 함께 찍은 사진이 있다. 옆에서 동생이 울고 있다. 나보다 더 거대했던 그 도베르만. 이유도 없이 자꾸 생각이 났다.

그 동네에 살 때 우리집에는 가끔 쥐가 나오곤 했다. 잠을 자고 있으면 쥐가 뛰어다니는 소리가 들리기도 했다. 어느 날 접착제 덫에 걸린 쥐가 벗어나려고 몸부림치는 걸 본 적

이 있다. 너무 격렬해서 몸의 일부가 뜯기는 건 아닐까 생각
했다. 그런데도 나는 이곳에 다시 찾아왔다. 유년과 악몽이
있는 곳으로.

4

월

16

일

일기

2014년 4월 16일.

4월 16일

2014년

아침에 일어나서 제일 먼저 하는 일은 테이블을 정리하는 것이었다. 나는 침대에 좌식 테이블을 두고 그 위에 노트북을 두고 생활했다. 침대 위에서 글을 쓰다가 바로 잠들기 위함이었다.

아침 식사로 라면을 먹기 위해 물을 끓였다. 전날에 과음을 한 탓도 있지만 원래도 라면을 좋아해 자주 끓여 먹곤 했다. 라면을 먹으면서 노트북으로 실시간 뉴스를 재생했다. 속보가 전해지고 있었다. 전후 상황을 알 수 없었으나 내가 이해한 바는 이러했다. 배가 가라앉았다. 많은 사람이 승선해 있었다. 전원 구조되었다. 나는 라면을 잘게 씹어 삼켰다.

수요일은 수업이 많은 날이었다. 이른 아침부터 학교에 나가서 뒷자리에 앉아 몰래 시집을 읽었다. 오고가다 아는 사람들을 만나면 수다를 떨었다. 별 의미 있는 대화는 아니었고 그냥 하나마나 한 대화였는데, 사실 의미 있는 대화를 하기엔 아직 너무 어린 나이가 아닐까 생각했다. 더 많은 걸 경험하게 되면 의미 있는 대화를 할 수 있게 될까?

마지막 수업은 소설 창작 수업이었다. 교수님이 수업을 일찍 끝내주길 바랐다. 빨리 집으로 돌아가서 시를 쓰고 싶었다. 그날 수업 때 교수님이 무슨 얘기를 했는지 하나도 기억에 남아 있지 않았다. 물론 그 수업의 내용을 통째로 기억하고 있다 하더라도 인생에 있어서 크게 중요하지 않았을 것이다. 내가 기억하는 건 수업을 마무리하는 교수님의 마지막 말씀이었다. "가능하면 오늘만큼은 술 마시지 마세요. 사망자 수가 삼백 명이 넘는다네요."

2016년

세월호가 침몰한 이후, 내가 가장 혐오한 것은 사람들의 조롱이었다. 세월호가 돌아오지 못했다는 소식도 믿기지 않았지만, 믿고 싶지 않았지만, 그만큼이나 믿기지 않고 믿고 싶지 않았던 건 세월호에 대한 조롱이었다. 처음에는 혐오감을 느끼기보단 당황스러웠다. 그러니까…… 너무 많았다. 한둘도 아니고 너무 많은 거 아닌가…… 하는 생각. 그 사람들이 내 주위에, 같은 칸의 지하철에, 인파로 가득한 거리에, 자주 가는 식당에, 어디든 나와 함께 있는 것 같았다. 나는 그들을 알아볼 수 없으니까.

"사람의 입에서 어떻게 그런 말이 나올까." 이 문장에서 '사람의 입'이란 신체의 기관만 의미하는 건 아닐 것이다. 강조할 것은 입이 아니라 사람이 아닐까. "사람이 어떻게 그럴 수 있어"와 같은 뜻으로 읽어도 괜찮은 걸까.

한번은 광장에 가기 위해 지하철을 타고 가던 중이었다. 가방을 메고 있었는데 누군가가 내 가방을 자꾸 만지작거리는 느낌이 들었다. 자주 주위를 둘러보았으나 지하철은 사람으로 가득했고, 그래서 그 '만지작거리는 느낌'을 사람들이 서로 부대끼느라 그런 거라고 여겼다. 광장에서 돌아올 때 알게 된 것은 가방에 달린 세월호 리본이 떼어졌다는 사실이었다.

누군가가 고의로 내 가방에 달린 세월호 리본을 떼어낸 걸까. 나는 그저 사람들과 부대끼다가 떨어진 것이라 믿고 싶고, 믿고 있다. 만약 누군가가 떼어낸 거라면…… 어떻게 그럴 수 있을까. 믿기지 않았다. 믿고 싶지 않았다. 그런 일들이 여전히 너무 많지만, 그래도.

2019년

많은 시인이 추모 시를 쓰고 발표했다. 나는 단 한 번도 추모 시를 쓰지 못했고 그것이 왠지 모르게 죄책감으로 남아 있었다. 추모 시를 쓰려 할 때마다 내가 떠올린 건 그날 아침에 먹은 라면과 소설 수업 교수님의 말씀이었다.

어느 날은 꿈을 꾸었다.

밤의 해변에 내가 앉아 있었다. 검고 검은 바닷물이 찰랑이는 걸 보는데 속에서 울렁거리는 느낌이 들었다. 파도에 따라 찰랑거리는 물결이 점점 거세졌다. 직감적으로 나는 바다에서 무언가가 기어오고 있음을 알았다. 거기서 기어 나온 건 악어였다. 저 먼 수평선 위로 거대한 여객선이 지나가고 있었다.

나는 꿈속 악어가 공포스럽지 않고 반가웠다. 겁도 없이 악어의 콧잔등을 매만졌다. 악어는 나의 손길에도 가만히 있었다. 그래. 악어는 물과 육지를 다닐 수 있으니까. 5년 전 그날, 내가 원했던 건 악어의 영혼일지도 모르겠다.

그리고 시 한 편을 완성할 수 있었다. 그러나 여전히 마음이 무거워 가라앉고 싶었다.

정원에 서서 퇴원하는 사람을 바라본다 그는 누군가의 동생, 누군가의 자식이자 누군가의 친구이겠으나 우리는 그에게 무엇이라고 이렇게 소매를 적시고 있나 죽은 사람은 돌아오지 않아요, 누군가가 귓속말을 속삭이고 사라진다 꽃줄기를 씹어 먹던 중환자들이 동시에 우릴 쳐다보는데

탈출한 사람보다 가라앉은 사람이 더 많다는 소식을 들은

그 계절, 초행길이라며 방향을 묻는 아이의 슬픔에 개입했다가, 그 누구도 미래 날씨를 예측할 수 없어요, 말해주었다 그것이 우리 지옥의 수기였다

—「악어」중에서

4

월

17

일

시

정확한 고립

이제부터 여름을 기다린다면

부르다 만 노래를 이어 부르지 않는다면
불발된 폭죽에 불을 붙이지 않는다면

우리가 함께한 기억이 바다에서 시작해서
바다에서 끝난다면

너는 손을 적시고 발목을 적시고 다음에는 무엇을 적시
게 될까 신발을 벗어두고 맨발로 걷다가 지친 채로

바다에는 바다의 풍경이 있어
바다에게 바다의 아름다움을 묻는 사람이 있어

조금씩 가라앉는 것이 있다 바다에서 자라는 나무를 보
고 싶다

너는 수면에 비친 햇빛으로
눈이 부신다고 했다 두 눈이 아파서
꿈에도 빛이 쏟아진다고 했다
두 눈에서

작은 빛이 번진다면

벌써 낡아버린 기분이야 태양은 머리 위에서
바다는 발아래에서

발목을 적시고 있기엔 너무 지쳤으니까

해변으로 떠밀려온 죽은 물고기
햇빛으로 말라가는 냄새

바다를 깊이로 이해하지 않는다면

바다를 넓이로 이해할 수 있다면

너는 바다에 혼자 있다

꿈에선 아무도 익사하지 않는다면

4
월
18
일

시

연인이 아닌 당신에게

당신의 방을 상상해보세요 네 계속해서 방을 상상하세요
책상과 창문은 마주보고

접이식 의자 두 개가 있다고요

손님은 오지 않습니다 실내악이 흐르고요

당신의 지난날을 상상해보세요

당신과 당신의 연인은 지저분한 바에서 데이트를 즐기고
있습니다

연기가 자욱하고 음료에서 짠맛이 느껴집니다

이렇게 어두운 곳에서

누가 누구의 손을 잡는지도 보이지 않는 곳에서

아, 입을 벌리면

아, 스낵을 집어넣어주는

당신의 연인이 있습니다

잔 부딪쳐요

괜찮아요 계산은 이미 끝났습니다

상상해보세요

당신과 당신의 연인이 걷는 거리

거리에선 거리의 음악을 들을 수 있습니다 안전한 곳이
지요

골목 깊은 곳은 어둡기 마련입니다

그것이 무섭다고요

사람들은 골목에서 다치죠 넘어지고 쓰러지고

엎어져 울다가 잠에 들고 당신의 연인은 그것을 싫어합
니다

당신도 골목에서 운 적이 있습니다 당신은 당신의 피부
를 맨눈으로 확인할 수 없습니다

다치고 넘어지고 쓰러지고

속살은 빨갛습니다

극장을 상상해보세요

어느 연인이 국경을 넘나들며 서로의 마음을 찾아가는
영화입니다

괴물처럼

그들은 소리치며 들판을 달려갑니다

천사들이 울어대는 장면에서 당신은 눈물을 흘립니다 그 것은 슬프지 않아요

그것은 아름다움과 비슷해요

당신은 눈물을 주체하기 어렵습니다

무슨 일이 일어나길 기원해야 합니다

한 명이 한 명에게 묻습니다, 전쟁이 끝났을까요

한 명이 한 명에게 대답합니다, 기적이 사라졌어요

황무지에 포탄이 떨어집니다

학교가 문을 닫고

가정이 사라지고

마음 한구석에서 의심이 피어납니다

무작정 칼을 휘둘러야 하는 것이에요

그러니 달려가요

들판으로 들판으로

그렇게 연인은 다음 장면에서 먼 곳으로 떠납니다

한 명이 한 명에게 말합니다, 사랑해요 정말 그래요

한 명이 한 명에게 말합니다, 믿음을 위해서요

4

월

19

일

고백

나는 하루에 꿈을 두세 개씩 꾼다.

이것은 개나리와 폭포에 대한 꿈이다.

개나리와 폭포

이제는 나만 간직하는 기억일지도 모르겠다. 그날 나는
봄날의 밤을 떠올리고 있었다. 변덕스러운 기후가 거리의
풍경을 혼란스럽게 만들었다. 나를 기쁘게 하는 것. 나를
슬프게 하는 것. 나를 희망하게 하는 것. 마음을 뒤집어놓
는 것. 모두 나의 방에 있었고 미치거나 미치지 않은 영혼이
자주 방문하곤 했다.

동경과 질투 그 사이에 네가 있었으나 나는 모른 척했다.
아름다움과 황홀경을 구분하는 것이 너의 역할이었다. 쏟
아지는 개나리에서 폭포를 발견하는 것이 너의 역할이었
다. 나는 종종 두 눈을 가린 채로 너를 찾다가 어둠 속에서
오래 헤맨 뒤에야 넘어졌다. 그게 나의 역할이었을까?

꿈에서는 수없이 갈라지는 골목에서 길을 잃곤 했다. 나는 그곳에서 무언가를 찾아야 했는데, 길을 헤매다보면 무엇을 찾으려 했는지 잊어버렸다. 막다른 골목. 또 막다른 골목. 누가 나를 이곳에 두고 사라진 거지? 너도 꿈에서 무언가를 잃어버린 적이 있을까.

어느 밤, 너는 너를 붙잡을 수 없었다. 두 팔로 자신을 감싼 채 온몸을 부들거렸고 슬프다 슬프다, 중얼거렸다. 얼마나 지났던 걸까. 노랫말을 중얼거리던 너는 갑작스럽게 내 이름을 소리치며 거리로 달려나갔다. 때때로 너를 놓칠 뻔했으나 나는 두 눈 뜨고 어둠 속에서 헤매지 않았다. 넘어지지도 않았다. 그게 나의 역할이었을까?

너의 목소리가 나의 귀를 멀게 만들까봐 두려웠다. 너의 소란이 나에게 다른 마음을 심을까봐 두려웠다. 이런 마음을 너에게 고백한 적이 있다. 너는 우리가 같은 마음을 꿈꾼다고 말했다. 너는 소리 지르고 내 이름을 부르며 달려가고…… 나를 혼란 속에 버려두면서.

언젠가 네가 소리 지르던 그 골목을 찾아간 적이 있다. 그 골목은 나의 꿈 골목과 닮아 있었다. 그건 온전히 나의 착각일지도 모를 일이었다. 아무렴 뭐 어때. 너는 이제 멀리 가버렸고 이제 쫓아가는 내가 없었다.

어느 날에는 이런 꿈을 꾸었다.

수없이 갈라지는 골목이었고 밤이었다. 여전히 길을 헤매고 막다른 골목을 마주쳤다. 그 어둠 속에서 나는 선명한 개나리를 볼 수 있었다. 개나리를 꺾으니 폭포 소리가 쏟아졌다. 그런 나를 네가 바라보고 있었다. 자, 이거 받아. 이제 나 혼자야.

잘 봐.

어둠 속에 내가 있어.

여전히 두렵고 어지러워.

4

월

20

일

시

달걀은 닭의 미래

고백할 게 있어요

네 저예요 그때 그 바보같이 웃던 애 있잖아요

바보같이 웃었다고요

네 〈밤의 산책과 의지〉라는 영화 좋아한다고 했는데

아 맞아요 평화와 두 사람에 대한 영화요

기억나요 "이제 어둠 속을 걸어도 되겠습니다"라는 내레

이션

괜찮았지

괜찮았다고요

사실 그때 밖에서 천둥이 쳤잖아요 크게

빛이 먼저였죠 번쩍 하고

나는 그때 황홀경을 조금 이해했는데

창문 밖에서 섬광

믿을 수 없을 만큼 거대한, 우리나라 하늘에 전체에, 그런 번개를 좀 기대했어요

곤란해요

무리인가요 아무래도 새들이 있으니까

잠을 자러 가지 않고?

우리가 밤새 대화를 나눈 것처럼요

새벽이면?

나는 가끔 아침에 잠들어요

왜 영화는 그런 장면을 보여주지 않는 거죠?

이해해요 나의 전부를 보여주면…… 도망칠 거잖아요

진실은 도망치는 일인가

그게 진심은 아니니까요

얼음이 녹는다

식탁이 더러워진다

빛이 반사된다

거기 계세요?

고백할 게 있다니까요 바보같이 웃어서 참

당신도 어둠 속을 걸어본 적 있나요

이해받고 싶어

사랑?

이해받고 싶어요

물이 넓게 번진다

손이 젖는다

사라질까요

어둠 속에서 하얀 치아가 보인다

사실 그때 안에서 심장이 뛰었잖아요 크게

소리가 먼저였죠 쿵쿵 하고

나는 그때 황홀경을

4

월

21

일

선물

나는 지원에게 「지원에 대하여」를 미리 보여주었다. 지원은 감상평으로 "이게 다 완성된 거야?"라고 말했다. 나는 "네가 괜찮다면 방금 그 말도 적을게"라고 말했다. 이 산문은 나와 지원 사이에 있었던 이야기를 편집하여 재구성한 것이다. 지원의 생일을 축하하며, 그리고 우리 모두의 친구를 축하하며.

지원에 대하여

지원은 대화를 하다가도 종종 생각에 잠기곤 했다. 나는 그런 지원의 성격이 조심성에서 기인한 거라 여겼지만 지원은 그저 남들 눈치를 많이 보는 것뿐이라고 했다. 그 때문인지 지원은 무언가를 결정하는 데에 오랜 시간이 필요했으며 가끔은 그게 주위 사람들을 답답하게 만들었는데, 지원과 오래 알고 지낸 나의 입장에서는 그게 지원의 매력이 아닐까 싶었다.

언젠가 밤 산책을 할 때 지원과 나는 유년의 기억 중 인상 깊었던 장면이 무엇이었는지 대화를 나눈 적이 있었다. 나는 지원에게 처음으로 고드름을 본 순간에 대해 들려주었다. 네 살쯤이었을까. 당시 나는 엄마와 동생과 함께 눈 오는 골목길을 걸었고, 처마끝에 자란 고드름을 발견했다. 그게 처음으로 고드름을 인지한 순간이었고 엄마에게 저것이 무엇이냐고 물었다. 고드름을 만지기에 너무 작은 나이였다. 엄마는 기다란 것을 떼어 나의 손에 쥐어주며, "이것은 고드름이란다" 같은 말을 해주었다. 그리고 자기도 만져보겠다며 보채는 동생에게 엄마는 하나를 더 떼어주었다. 나는 투명한 고드름을 통해 엄마와 동생, 그리고 눈 오는 골목의 풍경을 바라보았다. 뭉개지고 흐릿한 풍경은 어린 나에게 기묘한 기분을 들게 했는데, 지금 생각해보면 그때 '아름다움' 같은 걸 처음 느꼈는지도 모르겠다. 나는 이야기를 끝마치며 지원에게 "이게 내 최초의 기억이야"라고 말해주었다.

그렇구나……

대답을 한 뒤 지원은 침묵했다. 지원은 대화를 하다가도 종종 생각에 잠기는 사람이니까. 한 번은 침묵하고 있는 지원에게 무슨 생각을 하느냐고 물어보았는데, 그러게 내가 무슨 생각을 하고 있었지?라는 대답을 들을 수 있었다. 그 이후로 나는 지원의 침묵을 방해하지 않았다. 때때로 지원은 바닷속에 잠겨 있는 것처럼 보였고, 깊은 수심에서 처음 목격하는 심해어를 손으로 더듬고 있는 것처럼 보였다. 지원은 여러 심해어를 더듬으며 그것을 파악하다가, 확신이 들면 수면 밖으로 빠져나와 자신이 잡은 생각을 보여주는 것 같았다.

그날 지원과 나는 밤 산책을 하다가 숙소로 돌아갔는데, 물리적인 시간으로 한 시간쯤 걸었을까. 그러나 세 시간쯤 이야기를 나눈 것처럼 느껴졌다. 아무 말도 하지 않은 채 바다를 오래 바라보기도 했고, 그러다가 "폭죽을 좀 사올까. 밤바다랑 어울리니까." "그래. 그러자." 그렇게 말하면서도 폭죽을 사거나 불을 붙이지 않았다. 지원은 일주일 뒤에 먼 곳으로 가야 한다고 했다. 적어도 일 년은 그곳에서 공부를 해야 한다고 했다. 그렇구나…… 무슨 대답을 해야 할지 몰라서 나는 지원의 말을 따라 했다. 심해어를 만지는 지원의 마음을 조금 이해할 수 있었다.

*

누군가가 지원이 어떤 사람인지에 관해 물어볼 때면 나는 지원이 이직할 때의 이야기를 들려주었다. 지원은 대학에서 이공계 계열을 전공하고 졸업하였는데, 취직과 대학원 진학 사이를 고민하다 대학원에 진학했다. 지원이 대학원 과정을 마치고 졸업했을 때는 취직하기에 남들보다 조금 늦은 나이였다. 나중에 알고 보니 이때 지원은 고민이 많았다고 했다. 돈을 벌긴 벌어야 하는데 내가 이 직장과 잘 어울리는 사람이 맞나…… 하는 고민이었다고 했다.

지원이 이직을 하게 된 건 자연스러운 수순이었는지도 모른다. 지원은 자신을 '가성비 인간'이라고 표현했는데 경제적인 부분이 아니라 인간관계에서 자신을 비유하는 말이었다. 지원이 상대에게 1을 해주면 상대는 3~4를 받은 것처럼 기뻐한다는 것이었다. 지원의 말을 논리적으로는 이해할 수 없었으나 감각적으로는 이해할 수 있었다. 시도 그런 것 같아. 왜 좋은지 논리적으로 표현할 수 없는데 감각적으로 좋을 때가 있어. 사실 사람도 그런 거 아닐까? 누군가를 싫어할 때는 싫어하는 이유가 명확한데, 누군가를 좋아할 때는 명확한 이유가 없이 좋아하는 것 같아. 그렇구나……

그러니 지원이 이직할 때 아쉬워하는 동료가 많았던 건 이상하지 않은 일이었다. 미래를 응원하는 축하를 받고, 동시에 미련 섞인 말을 듣고. 그것이 진심인지 사회적인 겉치레인지 모르겠지만 어쨌든 지원은 '가성비 인간'답게 많은 인사말을 듣게 되었다. "내가 아니라 누가 이직하더라도 그랬을 거야. 알면서도 모르는 척하는 게 더 이상하잖아?" 마지막날에 지원은 평소보다 가벼운 마음으로 출근했다고 했다. 조금 의아했던 건 아침부터 타 부서 과장이 지원을 찾아왔다는 것이었다. 평소에 친하지도 않고 데면데면 인사만 하는 사이였다고 지원은 덧붙였다. "나는 당연히 흔한 인사말 같은 건 줄 알았어. 아니면 인수인계에서 놓친 게 있다거나." 그러나 타 부서 과장의 말은 지원을 당황스럽게 만들었다.

지원씨랑 친해지고 싶었는데 그러지 못해서 아쉬워요. 지원씨가 어떤 음악을 듣는지 항상 궁금했거든요.

지원은 평소에 음악을 즐겨 듣지 않는 사람이었으며 직장에서는 이어폰을 착용한 적이 없다고 했다. 누군가와 음악 얘기도 하지 않았고 차라리 게임이라면 몇 번 이야기를 주고받았다고 했다. "왜 그 사람은 내가 듣는 음악을 궁금해했을까? 왜 '항상' 궁금했다고 말했을까?"

누군가가 지원에 관해 물으면 나는 무엇이든 말할 수 있었다. 어린 시절의 일이라거나 대외적인 성격이라거나 그의 사소한 버릇, 말투, 음식 취향이나 취미 등 무엇이든. 그러나 언젠가부터 타 부서 과장의 그 말이 떠올랐고, 나는 지원을 '친해지면 무슨 음악을 듣는지 궁금하게 만드는 사람'이라고 표현했다. 그것이 '가성비 인간'보다 지원을 더 잘 나타내는 말이라고 느껴졌다. 왜 그런지 논리적으로 설명할 수 없었다. 감각적으로 이해했기 때문이었다.

*

설탕 공장에 가본 적 있어? 직장에서 세미나 형식으로 한 기업에서 운영하고 있는 공장을 전부 견학한 적이 있었거든. 대기업이라 그런지 전국에 공장이 널려 있더라고. 그러다 설탕 공장에 가게 되었는데 설탕이 진짜, 아파트로 따지면 3층에서 4층 높이로 쌓여 있는 거야. 정제하기 전 설탕이라는데 깔리면 당연히 죽겠더라고. 예전엔 그랜드캐니언을 보러 가는 사람을 이해 못했었어. 그냥 큰 협곡일 뿐이잖아? 그걸 보러 거기까지 가는 사람들을 이해 못했었단 말이야. 그런데 설탕이 무더기로 쌓여 있으니까…… 모르겠어. 그게 네가 말하는 압도일까? 설명할 수 없는 거대한 무언가에 압도당하는 기분이었어. 그냥 너무 큰 거야. 겨우 설탕일 뿐인데 너무 크니까 마치 내가……

*

밤 산책을 하며 내가 지원에게 최초의 기억, 그러니까 고드름에 관련된 이야기를 들려주었을 때, 지원은 자신의 최초의 기억에 대해 다음과 같이 말했다.

일곱 살인가 여덟 살이었다. 지원은 형에게서 방범용 장난감을 받았다. 일반적인 열쇠고리보다 조금 크고 물고기 모양이었다. 버튼을 누르면 호루라기보다 큰 소리로 사이렌이 울리는 장난감이었다. 그런데 장난감이 불량인지 시도 때도 없이 사이렌이 울렸다. 어느 날 집에서도 갑자기 사이렌이 울렸고 지원의 어머니는 그것이 무엇이냐고 물었다. 지원은 물고기 모양 장난감을 향해 검지를 입에 갖다대며 쉿, 이라고 했다. 쉿. 조용히 하라고. 여기 있는 걸 들키면 안 된다고.

4

월

22

일

산문

나와 친구들은 모두 바보 같은 어른이 되었다.

나는 바보 중 가장 똑똑한 바보라서

사람들은 내가 바보인 줄 모른다.

탄 냄새

그때 나와 친구들은 어린 나이였다. 동네는 아파트와 상가가 조금 들어섰을 뿐 번화가가 아니었다. 동네가 빠른 속도로 발전하기 시작한 건 몇 년 뒤 지하철역이 준공되고 여러 건물이 들어올 때부터였다. 그러니까 나와 친구들이 어렸을 때만 해도 외곽으로 조금만 걸어가면 드넓은 공터에서 놀 수 있었다. 공터에는 딱딱하게 굳은 흙이 가득했고, 나무나 풀 한 포기도 보이지 않았으며, 심지어 더 걸어가면 가로등조차 없어 밤에는 오직 어둠뿐이었다. 어쩌면 어린 우리에게 위험한 장소일 수도 있었지만, 그곳에선 무엇을 하더라도 들키지 않았으므로, 아이러니하게도 가장 안전한 장소가 되었다.

공터로 들어서기 전 마지막으로 빛이 닿는 거리에는 교

회와 패스트푸드점이 있었다. 숫자를 좋아하는 한 친구가 "오십칠번째야"라고 말했다. 굳이 묻지 않아도 우리가 이곳을 지나간 횟수를 세고 있다는 것을 알고 있었다.

그날 우리는 다섯이었다. 차츰 가로등이 보이지 않는 곳까지 걸어가 언제나 그렇듯이 아무데나 앉았다. 종종 작은 돌을 멀리 던진다거나 딱딱한 흙을 파내거나 눈을 감고 달리기를 한다거나…… 다양한 방법으로 시간을 떼웠지만 주된 목적은 대화였다. 사실 대화를 하려고 거기까지 갈 이유는 없었지만 우리만의 공간에서 떠들고 싶었던 게 아닐까 싶었다.

동네 저 건너편에 모텔이 엄청 많은 곳 있잖아. 거기 스크린 경마장이 있대. /아니야. 내가 형들이랑 가봤는데 거긴 모텔이랑 도박하는 게임장만 잔뜩 있던데. /주말에 한번 가봐. 이곳저곳에서 차를 타고 몰려온다니까. 모텔이 괜히 많겠어? /이번 주말에 농구 할래? /왜? 누가 하재? /아무래도 병원에 가야 할까봐. 약이라면 질색인데. /아플 땐 약을 먹어야 해. 미련한 짓 하지 말고. /영화나 볼까? /뭐 개봉했는데?/아, 집에 가기 싫다./나도./나도.

한 친구는 나중에 밴드를 결성하자고 했다. 그러나 우리 중 밴드에 어울리는 악기를 다룰 줄 아는 사람은 단 한 명도 없었다. 다들 운동감각이 좋으니 스포츠팀을 만드는 게 더 합리적인 것처럼 보였다. 하지만 친구는 나름대로 이유를 가지고 있었다. 사람들 누구나 한 가지씩은 잘하는 게 있는 법이야. 모두가 타고난 재능이 있다고. 사람들은 그걸 찾지 못해서 다들 재능이 없다고 생각하는 거야. 우리들은 다섯이고 인원도 적당하니까. 각자 재능 있는 악기를 찾은 다음에 밴드를 하는 거지. 다섯 명이면 악기 하나는 재능 있을 확률이 있다고./그런데 그 재능이 왼발로 캐스터네츠 치기…… 이런 거면 어떡해?/게다가 네가 잘하는 건 플루트잖아.

그러게……
다섯 명으로 오케스트라는 좀 무리겠지?

문득 대화가 끊어질 때도 있었지만 그 분위기가 어색하

지 않았다. 때가 되면 불쏘시개가 될 만한 것을 챙겨온 친구가 주섬주섬 꺼내 한데 모아놓았다. 그럼 우리들은 모여서 그것들이 타는 걸 바라보았다. 불장난하면 밤에 오줌 싼다고 하는데./그 얘기 삼십팔번째야./그런데 그게 불이랑 무슨 상관이래?/저기, 저기 차 지나가는 거 아니야?/여기 신경도 안 쓸걸./경찰차만 아니면./저번에 경찰차 와서 다 도망갔었다며./아. 그때 누가 잡혔더라./준형이었나. 몰라. 아무튼 난 안 걸렸어./아, 집에 가기 싫다./나도./영화나 볼까?

우리들은 영화관까지 뛰어가기로 했다. 버스를 타면 쉽게 갈 수 있었을 텐데 왜 그랬는지 모르겠다. 생각보다 가까운 거리가 아니었음에도 우리는 한 번도 쉬지 않고 달리기만 했다. 그때 나는 달려가는 동안 하염없이 소리 내며 웃었는데, 지나가던 작은 아이가 엄마에게 하는 말을 스치듯 들었기 때문이었다.

엄마, 자꾸 탄 냄새가 나요.

4

월

23

일

시

호수의 골조

유리 배

종이배

물결에서 반짝이는 빛을 바라본다

네가 두 팔을 벌리면 호수가 펼쳐진다

우리는 잠길 예정입니다

물과 물이 부딪히면 흔들리고, 어젯밤에 우리는 불타는
성당에서 몸을 떨었고

양떼를 몰고 싶어요

부서졌습니다

사람들이 양이라는 동물을 먹는다는 게 이상하게 느껴질
때가 있어

이기적이에요

나는 가끔 너의 살점을 씹어보았는데

네가 잠들어 있을 때

나는 비석처럼 울다가, 그리고 웃다가 웃다가

유서를 적다가

너의 이름과 이름의 뜻을 발음해보았다

성냥갑 뒤편에 적힌 문구를 읽듯이

상자에 넣어두어요 나의 이름

영혼의 나무를

그리고 작은 배

작은 배에 적은 소원

작은 배에 불을 붙이고 호수에 띄웁니다

세안을 하다가 눈물 흘리면

하수구로 떨어지겠지 너의 영혼처럼 춤추기

길을 잃어가고 있어요

자다가도 너의 이름을 발음하고

어류 같아

헤엄치고 싶어 음악의 관념처럼

기하학

가라앉는 보트에서 먼저 도망치지 않기

잃을 것도 없고

헛간이 불타오르듯이 호수가 눈부셔

벌써 시간이 그렇게 되었나요

내가 이해한 바로는

호수에서 춤을 추지 않고

호수에서 잠들지 않고

호수에서 수영하지 않습니다

호수에서 사랑뿐

우리의 산책에는 저녁이 없고 낮과 밤이 유일합니다

우리는 서로를 등지고 잘도 잠든다

희망과 절망을 반으로 조각내겠습니다 문을 온전히 열어

두지 말아요

세상의 절반 사랑하기

인간의 절반 증오하기

조금 열린 채로 조금 닫힌 채로

4

월

24

일

시

빛이 날카로워진다면

칼을 만들고 싶었어요 당신 얼굴이 잘 비치는 칼이요 나의 플라타너스는 여전히 정원에서 그늘을 드리우고 있습니다 낮잠 잘 자요 나는 빛을 낭비하죠 쓸데없이 걷다가도 돌아올 줄을 모릅니다 쌀밥은 단맛이 날 때까지 씹어 삼킬 것여기에 나의 치아와 혀가 있습니다 이건 목이고요 가끔 빛을 삼키는 꿈을 꿉니다 다음 4월이 오면 우리 추운 나라로 떠나는 건 어떨까요 한국인을 처음 보는 나라면 좋겠어요 우리가 낯설어지는 곳에서 신을 찾겠습니다 더 이상 죽고 싶지 않아요 당신의 이름으로 기도 드립니다 불경하게도 속이 텅 빈 채로 피우고 마시길 원해요 나는 가끔 그것을 견딜 수 없죠 네 겹의 담을 쌓고 네 개의 칼을 들고 그러나 당신은 흰빛을 찾아 헤매는 사람이었다 당신은 마음을 투명하게 보여주는 사람이었다 칼의 영혼은 칼날에 비치고 있

고요 나는 아아, 저기, 깊은 곳에 나의 영혼이 있군요 내가

그랬어요 당신 때문에 내가 자꾸 태어나는 것 같은데요 빛

은 어떤 방식으로 태어나는 것입니까 아름다움은 벌거숭이

가 아니죠

4

월

25

일

타임캡슐

10년 뒤에 나는 무엇을 하고 있을까.

10년

10년 전, 2014년 4월 25일 금요일에 나는 늦은 시간까지 잠을 자고 있었다. 전날에 늦은 시간까지 술을 먹은 탓이었다. 그러니까 점심시간에 전화가 왔을 때 나는 잠기운에 제정신을 차릴 수 없었다. "안녕하세요. 양안다 선생님 맞으신가요?"로 시작하는 전화였다. 나는 "양안다는 맞는데 선생님은 아닌데요"라고 대답했다. 알고 보니 발신자는 『현대문학』 편집자였고, 3월에 투고했던 시가 선정되어 내가 시인이 되었다는 소식이었다. 다시 한번 말하자면 나는 너무 졸렸고 술에서 덜 깬 상태였으며 제정신이 아니었다. "제가 시인이 되었다는 증거 좀 보내주실 수 있나요?"

다른 시인들은 어떤지 모르겠지만, 나는 내 시집의 발간일을 잘 기억하지 못하는 편이다. 연도는 알겠는데 그게 가

을이었고…… 9월은 아니었으니까 아마도 10월이었나 하는 식이다. 시집을 발간한 건 굉장히 귀하고 감사한 일이다. 그러나 내가 시와 관련하여 선명히 기억하고 있는 날짜는 딱 하나, 2014년 4월 25일 금요일이다.

그날 여러 사람들에게 축하를 받았다. 나는 시인이 되면 너무 기뻐서 토할 때까지 뛰어다닐 줄 알았으나 이상하게도 마음이 너무 무거웠다. 부담이 된다거나 하는 식의 이유는 아니었다. 그냥 이유도 없이 말수가 줄었고 축하를 받아도 고맙습니다 고맙습니다, 같은 말을 반복했다. 그리고 술을 많이 마셨다.

제일 먼저 한 일은 8월에 예정되어 있던 입대를 취소하는 것이었다. 시인이 되자마자 군 복무를 한다면 아무도 내가 시인인 걸 모를 것 같았다. 스물세 살이었고 대학교 사학년이었다. 나는 학업에 게으른 학생이어서 오학년까지 학교를 다니게 되었다. 사실 육학년까지 다닐 뻔했는데 계절학기를 열심히 수강했다. 방학 때 더 바쁜 대학생이었다.

나는 대전에 위치한 대학에서 문예창작을 전공했다. 재학중에 시인이 된 경우가 없어서 무엇을 해야 할지 정확히 알 수 없었다. 다른 시인들은 뭘 하는지도 몰랐다. 청탁을 받는다는 건 신기한 경험이었다. 편집자분들에게서 "양안다 선생님이신가요?"라거나 "양안다 시인님이신가요?"로 시작하는 전화를 받기 시작했다. 어느 쪽이든 어색한 호칭이었다.

문예창작을 전공했지만 나는 우리 학과를 좋아하지 않았고, 정확히는 시 전공 교수님과 시 수업만 좋아했으며, 그렇다고 내가 다른 전공 교수님들에게 불만을 품고 있던 건 전혀 아니었지만, 아무래도 수업에 나오지 않으니 예쁨 받는 학생은 아니었을 것이다. 그런데도 학과의 희곡 전공 교수님은 "좋은 시인이 되거라" 하는 내용이 담긴 쪽지를 주시기도 했다. 그것이 진심으로 감사했다. 나는 오랫동안 쪽지를 바라보다가 교수님에게 문자를 보냈다. '좋은 시인이 되기 이전에 좋은 사람이 되겠습니다.'

한때는 좋은 시를 쓰고 싶었는데 좋은 시가 무엇인지 알 수 없었다. 그냥 막연히 좋은 시를 쓰고 싶었다. 잘 쓴 시는 또 뭐지? 시에 정답을 두고 싶지는 않았다. 이렇게 쓰면 몇 점 추가, 이렇게 쓰면 몇 점 감점…… 그런 건 스포츠에서나 통하는 규칙이니까. 나는 내가 좋아하는 시를 쓰고 싶었다. 내가 읽고 싶은 시를 내가 써야지. 그럼 적어도 나와 비슷한 감각을 좋아하는 사람들이 읽어줄 거야. 물론 이것도 정답은 아닐 것이다.

나는 내가 언제 문학장에서 사라질지 걱정했다. 그렇게 걱정만 하다가 10년을 시인으로 활동하게 되었다. 긴 시간이 아닐지라도 나에게는 의미 있는 시간이라 언젠가 글로 남겨보고 싶었다. 10년 전의 나에게 찾아가서 "너는 10년 뒤에도 시인으로 활동하고 있을 거야"라고 말해주면 아마 믿지 못했을 것이다.

10년 뒤에 나는 시를 쓰고 있을까? 쓰고는 있을 것이다. 시는 혼자서도 쓸 수 있으니까. 그럼 내가 시인으로 활동하고 있을까? 그랬으면 좋겠다. 그동안 좋은 분들에게 많은 도움을 받으며 쓸 수 있었다. 나는 결함이 많은 편이라 도움이 필요한 사람이다. 이기적으로 말하자면 더 많은 도움을 받고 싶다. 이기적이게도 나는 아직 더 쓰고 싶다.

나도 누군가에게 도움을 줄 수 있을까? 나에겐 그런 힘이 없다. 그러나 내가 할 수 있는 게 있다면, 정말 그런 게 존재한다면 나도 누군가를 돕고 싶다. 왜? 그냥 뭐…… 10년이 되었으니까, 라는 이유를 덧붙이자. 이런저런 이유를 길게 말하면 괜히 부끄러우니까.

시집 『천사를 거부하는 우울한 연인에게』가 출간되었을 때 미니 인터뷰에서 나는 다음과 같이 말했다.

Q. 작가님, 새해가 되고 새 시집이 출간되었습니다. 소회가 어떠신가요?

A. 안녕하세요. 저는 운명보다 우연을 믿는 사람이고, 항상 사람들의 도움이 필요한 사람입니다. 시집을 내기까지 크고 작은 우연 속에서 도와주는 분들이 많았습니다. 진심으로 감사합니다. 저는 감정을 드러내는 걸 두려워해서 종종 스스로를 우스꽝스럽게 포장하곤 합니다. 이번 시집을 무사히 출

간하게 되어서 무척 기쁘지만, 그걸 드러내기가 쉽지 않습니다. 앞으로 제가 덜 우스꽝스러워지도록 모두 기도 한 번만 해주시면 감사드리겠습니다.

감사하다는 말을 이렇게 남기고 싶다. 그냥 뭐…… 10년이 되었으니까. 이렇게 남기지 않으면 괜히 부끄러우니까.

4

월

26

일

거짓말

엘리엇은 "4월은 가장 잔인한 달"이라고 적었다.

눈이 녹으면 죽은 동물과 벌거벗은 땅이 잘 보였지만

나는 언제나 마음을 숨기려 애썼다.

그래서 나는 거짓말을 하기로 했고 이 글을 적었다.

4월이 잔인하지 않다면

메모 #1

언젠가 마음을 줘야 한다거나

까치발을 세우고 걸어야 한다거나

그래도 사랑을 하고 싶어

그애는 얼음이 투명한 색인지 흰색인지 묻는 사람이었다. 투명함도 색이 될 수 있다고 믿는 사람이었다. 꽃을 꺾지 않았으며 종종 하늘을 보고 나서 "오늘 하늘 색이 참 예쁘다"라고 소리 내어 말하는 사람이었다. 그애는 4월이 잔인한 달이라는 표현을 믿지 않는 사람이었다.

그애는 나에게 메모를 주곤 했는데, 나에게 그 메모는 편지라기보다 쪽지나 낙서에 가까운 느낌이었다. 그러니까 그애의 메모는 대체로 이해할 수 없는 구절투성이였으며, 문장과 문장이 어떻게 이어지는지 알 수 없는 경우가 태반이었다. 사람들의 대화와 일기, 잡문을 모아 여러 조각으로 찢은 다음에 무작위로 이어붙인 것도 같았다. 이를테면 어느 날에는

메모 #4
턱 당겨보기
유독 머리카락이 건조한 날에는
식빵에 포도잼 발라 먹기
나무로 무엇을 만들면 좋을지 생각하기

라고 적혀 있는데, "무슨 말을 하고 싶은 거야?" 내가 물으면, 그애는 "언젠가 알게 될 거야"라고 대답하는 게 전부였다.

당연하게도 나는 그애의 메모에 한 번도 답장한 적 없었다. 무슨 말을 적어야 할지도 모르겠거니와 애초에 무슨 말인지 몰랐기 때문이었다. 그러나 그애의 메모처럼 나는 문

득 턱을 당겨보았으며, 머리카락이 건조하게 느껴질 때마다 포도잼 발린 식빵이 떠올랐고, 나무의 쓰임새에 대해 생각하기 시작했다. 코끼리를 생각하지 말라고 하면 코끼리가 떠오르는 것처럼. 비 오는 밤에 안부가 궁금한 이가 있는 것처럼. 상대에게 나를 심어두고 사라지는 것처럼.

4월 어느 날, 처음으로 나는 그애의 집에 갔다. 그애는 아직 잠에서 덜 깬 채였다. 다 해진 이불 속에 온몸을 파묻고 있어서 몰랐는데, 알고 보니 이미 외출 준비를 마친 상태였다. 그애는 달걀 세 알을 휘저어 스크램블을 만들었다. 한낮에 맥주와 함께 그것을 먹었다.

방에는 생활하는 데에 필요한 최소한의 가구가 있었을 뿐 나머지는 비어 있었다. 조금만 크게 소리 내면 방안에 목소리가 울렸다. 청소와 정리가 잘된 방이었다. 누군가의 방을 보면 그 사람이 잘 보인다고 하지만 그애는 그렇지 않았다. 나는 그애가 내면이 복잡한 사람이라 여겼기 때문이었다.

그애는 지난 계절 동안 외출을 거의 하지 않았다고 했다. 사람을 마주치는 게 견디기 어렵다고 했다. 새벽에 먹을 것을 사러 가는 게 전부라고 했다. 그날 그애는 쓰레기를 버릴 겸 먹을 것을 구매하기 위해 편의점에 가는 길이라고 했다. 그런데 골목에서 어느 여자가 흐느끼는 통화를 듣게 되었다고 했다. "그러지 않기로 했잖아요. 이제 나보고 어떻게 살라고 그러는 거죠? 난 이제 젊지 않다고요." 그애는 곧장 집으로 돌아와 삼 일을 굶었다고 했다. 밥을 씹고 삼키는 것조차 어려웠다고.

언젠가 나는 그애가 살았던 집을 찾아가보았다. 물론 그애가 그곳에 살고 있지 않다는 사실을 알고 있었다. 단지 나는 그애가 그곳에 사는 동안 무엇을 보고 들었는지 궁금했다. 그러나 그곳엔 그애가 살던 건물은 사라지고 상가 건물이 들어서 있었다.

메모 #52
어제는 아야코에 대해 생각했어 선술집 주인이 환하게 반겨주었어 나는 종종 사랑의 천재 나는 가끔 지독한 사람

어느 날부터 생각날 때마다 그애의 메모를 꺼내 읽었다. 메모를 적어 그애에게 답장을 전하고 싶었다. 건넬 방법이 없어서 나는 이곳에 답장을 쓰기로 했다.

답장 #1

걸어가다가 풍선을 쥐고 가는 아이를 보았어

좋은 꿈을 꿨는데 누구에게도 들려주지 않았어

볼 수 있었다면 이런 문장 적지도 않았지

4

월

27

일

시

축제는 아직 시작되지 않았어요

광장에서 울리는 종소리를 듣는다

너는 분수 앞에 있다 오늘은 꼭 휴일 같아요

비가 온다고 하는데요 너는 "축제는 아직 시작되지 않았어요"로 시작하는 노래를 부른다

나는 네가 꽃을 삼키는 꿈을 꾸었다고 말한다

나는 네가 동물처럼 보이는 꿈을 꾸었다고 말한다

신은 인간을 망망대해로 빠뜨린다

육지는 멀리 있다

동전을 던지고 소원을 빕시다

분수대에 빠진 천사상을 위해 기도합시다

누군가의 유언을 듣다가 잠에 빠집니다

자장가를 들으며 아침에 깨어나고

무엇을 드릴까요 나에게서 무엇을 가져가고 싶은지

그거 알아요? 내가 망망대해에서 태어났을 때

나의 전체가 젖어 무거웠어요

헤엄치는 사람은 뒤를 돌아보지 않습니다 헤엄치는 사람은 물의 민낯을 들여다봅니다 낮에는 해를 쫓아가고 밤에는 등대를 쫓아갑니다 헤엄치는 사람의 영혼은 젖지 않아요

나는 너의 마음이 정물화가 되는 꿈을 꾸었다고 말한다

너는 분수 앞에 있다 너는 노래를 부르면서

"축제는 아직 시작되지 않았어요

오늘은 휴일 같고

평화가 거리에 널려 있고

부고가 들리지 않는다고"

인간은 소원을 빌기 위해 동전을 빠뜨린다

신은 멀리 있다

비가 온다고 하는데요

광장에서

그러니 종소리를 들려주세요 아름다운 성직자

모든 신비와 함께

4

월

28

일

시

오리와 나

당신 그때 꿈 얘기를 또 해줘요

화요일이었던가 그럴 거예요 울고 있는 오리를 봤다면서요

오리

맞아요 자신이 오리인지도 모르고 인간처럼 울었다고요

오늘따라

생각에 잠겨 있는 것처럼 보이는데요 내가 꺼내주어도 될까요

호수였나 아마도 아마도요 오리는 호수와 잘 어울리니까요

흰 오리는 부리도 노랗고

천변이라면 청둥오리가 더 적당하고요

그렇지만 인간 같았다고요

그 꿈, 너무 머나먼 이야기 같아요

신화처럼

아마도 신화처럼

할머니가 들려주던 이야기처럼

물론 우리 할머니는 말수가 적은 분이셨지만요 걱정만
한가득 안고 가버렸지

무덤에서도 내 걱정만 하면 어쩌나 싶어요

그래 나도 우리집 개 걱정을 많이 하거든요

귀가할 때마다 힘껏 짖고 꼬리 흔들어주었는데

이상한 일이죠?

새삼스레 집이 너무 넓게 느껴져요

그 조그마한 것이 뭘 물고 간 건지 참

모두 제때 간 거겠죠

모두 제때 간 거라는 말은 나중에야 할 수 있어요 그때 하
면 안 되지

그래 당신도 종교가 없으니까

그래 신의 계획 그런 것

나는 믿지 않으니까요

오리도 종교를 가질 수 있나요

천변과 호수 중 더 사랑하는 쪽은 있겠지만

그렇지요?

아무래도 인간 같았다니까요

엉엉 울었다고요 그 오리

인간은 어떻게 울었더라 나는 엉엉 울지 않아요

그러니까

긁는 소리가 막 나는 거예요

이가 많이 약해요

잘 때는 코를 골고 가끔 숨을 못 쉬죠

그래서 꿈 얘기는?

오늘따라

말을 너무 많이 했네요 미안 나는 잠에 들기 어렵고요

지금 너무 부끄러워요

내가 울었나봐요

4
월
29
일

독백

나의 영상을 감상하고 사랑하는 사람들을 생각하며 썼습니다.

감정 표현에 약해서 이렇게 적을 수밖에 없었습니다.

이해해주시리라 믿습니다.

먼 미래에 나는 총체적인 아름다움을 만들 것입니다.

감사합니다.

나의 작은 시네필에게

나의 머릿속에는 영상이 쉼 없이 쏟아진다. 나는 영상 단위로 상상한다. 나는 영상으로 희망하고 절망한다.

나의 영상에는 감정이 담겨 있지 않다. 감정은 영상을 감상하는 나의 마음에서 태어난다. 내가 영상을 기쁘게 감상하면 기쁨이 생긴다. 내가 영상을 슬프게 감상하면 슬픔이 생긴다. 나는 바닥에 엎어져 있는 영상 몇 개를 주워 하나의 영상으로 편집한다. 그것은 '나의 영상'이 된다.

나의 영상에는 아름다움이 없다. 너는 나의 영상을 보고 아름답다고 말해주는 사람이다. 나의 영상은 너의 감상으로 인해 아름다움을 획득한다.

나에게는 아름다움이 없으니 너는 아름다움을 발명하는 사람이다.

나는 뒤를 돌아본다. 내가 만들고 버린 나의 영상들이 거리에 무더기로 널려 있다. 누군가는 침을 뱉고 지나가지만 자비로운 이는 나의 영상을 감상한다.

머릿속 영상은 어디에서 출발해서 왜 나의 머릿속으로 도착하나. 나는 머릿속 영상을 편집한다. 원본을 알아볼 수 없을 만큼 편집한다. 조금도 힘들지 않고 지루하지 않다. 오로지 나의 즐거움을 위해 영상을 편집한다. 나의 즐거움에 공감하고 동참하는 이를 위해 언제나 문을 열어놓는다.

어제의 나와 오늘의 나는 다르다. 내일의 나는 오늘의 나와 다를 것이다. 나는 어제의 나를 배신한다. 삼 일 전의 나를 배신하고 일주일 전의 나를 배신하고 지난 계절의 나를 배신한다. 나는 제멋대로인 내가 마음에 든다.

너는 나에게서 아름다움을 발명한다. 너는 가끔 어제의 나를 원한다. 네가 어제의 나를 호명할 때면 나는 어제의 내가 만든 영상을 건넨다. 너는 조금씩 나와 멀어진다. 아니. 너는 어제의 나와 춤을 추고 있을 뿐, 내가 그들에게서 멀어진다. 나의 곁은 항상 빈자리다.

때때로 아무도 나의 영상을 감상하지 않을 것이라는 불안에 휩싸인다. 이런 불안에는 약도 없어서 나는 지난 영상들을 되감아 재생한다. 바다에 내가 있다. 숲에 내가 있다.

설원에 내가 있다. 초원과 보리밭에 내가 있다. 너는 어디에서 나의 영상을 보고 있는 걸까.

너는 나의 아름다움을 발명한다. 나에게 아름다움은 애초에 존재하지 않았으므로 발견이 아니라 발명이 옳다. 너는 나에게서 아름다움을 발견하기 위해 나의 영상을 닦고 또 닦으며 광을 낸다. 그러나 나는 의도치 않게 너의 아름다움에 먼지를 묻히곤 했다. 너는 또 제자리에 멈춰 선다.

나는 너보다 빨리 간다.

나는 너보다 멀리 간다.

나는 너에게 등을 보이는데

나는 너의 얼굴을 잊을까봐 두렵다.

인간적인 아름다움은 인간만 가질 수 있어서 더욱 인간적이다. 나무는 나무 자체로 아름답지만 인간은 나무를 벌목하거나 가공하고, 나무를 인간의 환경 안에서 기른다. 자연은 아름답다는 감각을 모르는 채로 아름다울 수 있다. 인간은 그렇지 않다.

다른 사람들이 나의 영상을 모른 체 지나가는 동안 나의 영상을 감상하는 너, 너는 어제의 나와 함께 춤을 추는데, 너에게 고맙다는 말을 하고 싶은데, 그래야 하는데 네가 내

곁에 없다.

그래서 너는 어디 있는데?

나는 어디로 가야 하지?

너에게 대답을 듣고 싶다.

바다를 버리고 숲을 버리고 설원을 버리고 초원과 보리밭을 버리고 내가 있다. 나는 이제 공간을 버리고 싶다. 시간을 버리고 싶다. 과거와 미래와 어제의 나와 내일의 나를 지우고 싶다. 그래도 너는 나의 영상을 감상하게 될까? 그랬으면 좋겠다. 내가 언제 어디에 서 있더라도 네가 영상을 감상했으면 좋겠다.

나는 밤하늘에 떠오르는 태양의 꿈을 꾸다 잠에 든다.

4

월

30

일

시

사월

언덕에 서서 미안하다고 말했다 새 한 마리가 돌에 맞아 죽었지 덤불 속에 있으면 풀 냄새가 났다

덤불을 눕히는 손이 있다

덤불을 밟는 아이들이 있다 나는 미안하다는 말을 들었다 당신이 말했나요 나는 잠깐 옛날 생각을 했어요 풀 냄새를 떠올리고 있었지요 아이들과 함께 피투성이 손을 흔들었습니다 새 한 마리가

뜬눈으로 누워 있었습니다 고개를 숙인 채로 그림자를 보았습니다 슬리퍼에서 삐져나온 발가락이 있습니다 그때 당신은 어디에 있었나요 우리가 만나지 않은 시간대에 발생한 사건을 말해주세요 이름을 불러다오

빛이 있었습니까 누군지 말해다오 얼굴을 보았습니까 당신은 언제나 한낮을 원했다 영원한 빛을 꿈꾸었다 당신은

가끔 물을 마시고 기지개를 켜지만 식물이 되는 일은 일어나지 않았다 괜찮아

　나는 낙담하지 않아, 당신의 입버릇은 그때 형성되었다 꽃밭에 눕길 좋아하는 당신은 식물을 이해한다 꽃말처럼 당신말이 존재할지도 모르지

　가는 팔다리

　발가락 끝에 닿는 이파리

　당신이 원했다

　저기 언덕에 서서 붉은 손 흔드는 이는 누구일까

　내 인생은 원수 아니면 연인뿐이었어

　화약고처럼

　후추 열매 같은 얼굴

　만발하며

　거짓말

　전부 거짓말이지?

　3월 4월 5월 봄을 삼중주로 연주하며

　푸른 풀

　무덤에는 언제나 사랑하는 사람들이 있어

　당신은 낙담하지 않는다……

미안하다고 말해줄까 내가 말해줄까요 당신은 잠깐 옛날
생각에 빠졌을 뿐이에요

울지 않은 시간이 있었기 때문에

우는 시간이 존재할 수 있겠습니다 이름을 불러주세요
빛이 있었습니까 새 한 마리

덤불 속에 숨기는

손이 있고

누군지 말해주세요 아아

쏟아져라 봄

빛이 정겨워요

달걀은 닭의 미래

ⓒ 양안다 2024

초판 1쇄 발행 2024년 4월 1일
초판 2쇄 발행 2024년 4월 26일

지은이 양안다
펴낸이 김민정
책임편집 김동휘 **편집** 유성원 권현승
표지디자인 한혜진 **본문디자인** 최미영
저작권 박지영 형소진 최은진 서연주 오서영
마케팅 정민호 박치우 한민아 이민경 박진희 정유선 황승현
브랜딩 함유지 함근아 고보미 박민재 김희숙 박다솔 조다현 정승민 배진성
제작 강신은 김동욱 이순호
제작처 영신사

펴낸곳 (주)난다
출판등록 2016년 8월 25일 제406-2016-000108호.
주소 10881 경기도 파주시 회동길 210
전자우편 nandatoogo@gmail.com **페이스북** @nandaisart **인스타그램** @nandaisart
문의전화 031-955-8875(편집) 031-955-2689(마케팅) 031-955-8855(팩스)

ISBN 979-11-91859-81-2 03810